BILBO

Collection dirigée par
Marie-Josée Lacharité

Du même auteur chez Québec Amérique

Jeunesse

Amour et Jules, coll. Titan+, 2009.

SÉRIE MARIE-ANNE
Effrayons les monstres!, coll. Bilbo, 2008.
Tu me feras pas peur!, coll. Bilbo, 2008.

L'École
des monstres

Catalogage avant publication de Bibliothèque et Archives nationales du Québec et Bibliothèque et Archives Canada

Champagne, Claude
L'école des monstres
(Bilbo; 184)
Troisième roman de la série Marie-Anne.
Pour les jeunes.
ISBN 978-2-7644-0783-7
I. Girard, Alexandre. II. Champagne, Claude. Marie-Anne.
III. Titre. IV. Collection: Bilbo jeunesse; 184.

PS8555.H355E22 2010   jC843'.54   C2010-941335-0
PS9555.H355E22 2010

Nous reconnaissons l'aide financière du gouvernement du Canada par l'entremise du Fonds du livre du Canada pour nos activités d'édition.

Gouvernement du Québec – Programme de crédit d'impôt pour l'édition de livres – Gestion SODEC.

Les Éditions Québec Amérique bénéficient du programme de subvention globale du Conseil des Arts du Canada. Elles tiennent également à remercier la SODEC pour son appui financier.

Québec Amérique
329, rue de la Commune Ouest, 3ᵉ étage
Montréal (Québec) H2Y 2E1
Téléphone: 514 499-3000, télécopieur: 514 499-3010

Dépôt légal: 3ᵉ trimestre 2010
Bibliothèque nationale du Québec
Bibliothèque nationale du Canada

Révision linguistique: Céline Bouchard
Mise en pages: Andréa Joseph [pagexpress@videotron.ca]
Conception graphique: Célia Provencher-Galarneau

Imprimé au Canada

L'École
des monstres

CLAUDE CHAMPAGNE
ILLUSTRATIONS : ALEXANDRE GIRARD

QUÉBEC AMÉRIQUE Jeunesse

Pour Justine,
qui n'a jamais eu peur de rien,
sauf de la grenouille géante.

1

Adieu Bidon

Ça faisait deux semaines que Marie-Anne et Bidon avaient démasqué le faux vampire. Deux semaines qu'ils avaient réussi à fuir son épouvantable royaume en plongeant dans un puits magique, évitant ainsi les crocs acérés du crocodile qui gardait l'autre sortie. Avoir su que ce passage secret débouchait dans le puisard puant du garage… Beurk ! Mais bon, l'important était que la fillette et son valeureux pingouin s'en soient sortis vivants. Sales ou pas.

Depuis leur retour à la maison, rien n'était arrivé dans la chambre de Marie-Anne. Le calme plat… Elle était sans nouvelles du squelette qui les avait aidés. Rien non plus du côté du rat géant qui avait déjà voulu la dévorer. Mais lui, elle s'en ennuyait moins… Pas de fantôme non plus derrière les rideaux ; pas même un hideux bossu dans le placard. Et Bidon s'impatientait. L'aventure lui manquait. Même qu'il commençait à s'en plaindre. Assis sur le rebord de la fenêtre de la chambre de Marie-Anne, le pingouin en peluche fixait le lampadaire, dans cette nuit sans lune, et chantait sa complainte.

— *Les portes du pénitencier, bientôt vont se refermer. Et c'est là que je finirai ma vie, comme d'autres toutous l'ont finiiiie…*

Le problème, c'est que Bidon faussait affreusement… Dehors, tous les chats du voisinage le suppliaient d'arrêter en miaulant comme des martyres. Mais le pingouin à la voix de fausset croyait en fait que les matous de ruelle l'accompagnaient.

Tout à coup, le grand frère de Marie-Anne entra en trombe dans la chambre de sa sœur. Sans dire un mot, il se précipita à la fenêtre et vida un sceau d'eau sur la troupe de félins. Ces derniers déguerpirent aussitôt, maudissant Jocelyn, qui les avait trempés jusqu'aux os par cette froide nuit d'hiver.

— Les pauvres chats ! s'écria Marie-Anne. Tu vas les transformer en glaçons !

— Tant mieux, grogna Jocelyn. Et si jamais ils recommencent leur

opéra, je reviendrai avec le tuyau d'arrosage !

Marie-Anne allait protester quand elle vit Bidon lui lancer un clin d'œil. C'était une sorte de code secret entre eux. Un signe qui voulait dire qu'il valait mieux laisser tomber. Le grand adolescent sortit de la chambre aussi rapidement qu'il y était venu.

— Pourquoi tu ne voulais pas que je le chicane ? demanda-t-elle à Bidon.

— Parce que c'est ma faute si les chats s'égosillaient aussi fort. Ma superbe voix les a certainement trop inspirés. Que veux-tu, quand on est doué… les admirateurs se précipitent aux fenêtres ! C'est la rançon de la gloire.

— Hum… je ne suis pas certaine.

— Quoi ! ? Mettrais-tu mon talent en doute ? s'offusqua Bidon.

— Jamais je n'oserais, voyons… répliqua Marie-Anne en retenant un fou rire.

— Voilà qui est mieux. Chacun sait que les pingouins ont une bien plus belle voix que les chats, des chats errants qui plus est ! Tandis que moi, je suis un pingouin domestique, pas un vil vagabond. Parlant de cela… mon adoption, c'est pour bientôt ? C'est un peu long, cette histoire de papiers, non ?

Comme Marie-Anne n'avait plus besoin de Bidon pour lutter contre les monstres de la nuit, elle lui avait promis de lui trouver une nouvelle maison. Elle savait d'ailleurs déjà à qui elle voulait offrir le pingouin : à Jeanne, sa voisine. Mais plus les jours passaient, plus elle hésitait. Elle avait masqué sa réticence à donner Bidon en prétendant devoir remplir de nombreux formulaires d'adoption. C'est difficile de se départir d'un toutou qu'on possède depuis près de neuf ans… Encore plus quand on a vécu des tonnes d'aventures avec lui! Ce n'est pas donné à tout le monde de démasquer un faux vampire ou de libérer des fantômes. Sans Bidon, la jeune blondinette craignait de voir sa vie devenir un ennui mortel. Bien sûr, il y avait toujours Jocelyn, son nigaud de grand frère, pour pimenter son existence. Mais ce n'était pas pareil. Les batailles de chatouilles et les guerres d'insultes n'avaient rien en commun avec le fait de voler soutenu par une nuée d'insectes musiciens. La petite fille au nez retroussé avait donc de moins en moins le goût de donner son fidèle compagnon d'armes.

— Oui, oui… ça devrait être pour bientôt, mentit la jeune fille.

— Bientôt, bientôt… Jeanne habite la porte à côté !

— Je sais, mais…

La vérité, c'est qu'elle n'arrivait pas à s'y résigner, même si elle savait que ça aurait été mieux pour lui. Elle était maintenant trop grande pour jouer tous les jours avec un toutou, fût-il le plus extraordinaire pingouin en peluche au monde. Et Bidon avait besoin des bras d'un enfant pour vivre…

— J'aimerais au moins la voir, la rencontrer ; savoir si son lit est confortable. C'est important, tu sais, l'habitat naturel d'un toutou. J'ai déjà entendu des histoires au sujet de personnes qui dorment sur des lits de clous !

— Ne t'en fais pas, les parents de Jeanne ne sont sûrement pas des fakirs, précisa la blondinette.

— Des quoi ? Des fakirs ! C'est une nouvelle espèce de monstres, ça ? s'inquiéta Bidon.

— Non, pouffa Marie-Anne, ce sont des gens qui se couchent sur des lits de clous. Ils marchent aussi sur des charbons ardents et sur du verre brisé. J'ai vu ça à la télé. Ils jouent même de la flûte pour charmer des serpents !

— Et tu… tu es certaine que les membres de ma nouvelle famille ne sont pas des… des famachins, n'est-ce pas ? bredouilla le pingouin.

— Aurais-tu peur ? Toi, le brave Bidon ?

— Pourquoi es-tu si méchante avec moi…

La dernière chose que souhaitait Marie-Anne, c'était bien de faire de la peine à son toutou. Lui qui avait toujours été là pour elle.

— Je suis désolée, je ne voulais pas… dit-elle en le prenant dans ses bras. C'est que j'ai de la difficulté à m'imaginer que je vais me séparer de toi.

— Je sais… Moi aussi. Mais c'est la vie des toutous.

— Oui… Je te promets de t'emmener chez Jeanne demain.

Sur ce, la jeune fille déposa Bidon sur son bureau, éteignit la lampe, puis se glissa sous ses couvertures pour la nuit. Après un moment, elle se releva et emmena son pingouin dans son lit.

— Aimerais-tu que je prononce la formule magique ? lui chuchota-t-elle.

— As-tu peur de quelque chose ? s'étonna Bidon.

— Non. Juste en souvenir du bon vieux temps, tu pourrais devenir grand comme Jocelyn.

— Bah… je prendrais toute la place dans ton lit, répondit-il.

— Tu as raison. Alors, bonne nuit, pingouin de mon cœur.

Ce soir-là, Marie-Anne s'endormit avec Bidon dans ses bras, pour la dernière fois.

Comme s'ils n'attendaient que le moment où la maisonnée se trouverait enfin plongée dans un profond sommeil, les meubles de la chambre en profitèrent pour s'animer. On entendit alors d'étranges murmures dans le noir…

— Je vais m'ennuyer du vieux pingouin, dit le Bureau.

— Moi aussi, *darling*, répliqua la Lampe à l'abat-jour en forme de chapeau de cowboy. Moi aussi…

2

Vous avez dit étrange ?

Bidon n'avait pas beaucoup dormi. Il était anxieux de rencontrer Jeanne. Marie-Anne lui avait dit que les présentations se feraient dès son retour de l'école, mais elle ne lui avait pas dit grand-chose au sujet de sa voisine. À vrai dire, elle ne la connaissait pas vraiment. La blondinette habitait le quartier depuis quelques semaines seulement. Elle lui avait dit bonjour, mais sans plus.

Guettant son arrivée, le pingouin s'était posté sur le rebord de la fenêtre. Toutes ces heures à l'attendre… Il avait neigé presque toute la matinée et une partie de l'après-midi. Pour passer le temps, Bidon comptait les flocons comme d'autres comptent les moutons. Il allait s'endormir quand un autobus scolaire s'arrêta devant la maison de Jeanne. Enfin, la curiosité du pingouin allait être satisfaite…

Soudain, la porte de l'autobus s'ouvrit. Une petite fille aux longues tresses noires et vêtue d'un habit de neige mauve en sortit. Elle n'était pas aussitôt sur le trottoir que des garnements lui lançaient des boules de papier et des restants de lunchs à travers les vitres ouvertes. De son poste d'observation, Bidon avait du mal à distinguer leurs traits, mais il aurait juré que les petits monstres ressemblaient à… des monstres ! Jeanne se retourna et leur tira la langue avant de rentrer chez elle en courant.

À ce moment, Bidon se demanda vraiment s'il avait besoin de lunettes. Était-il possible que la vieillesse affecte la vision des toutous ? Peut-être était-il simplement bouleversé et que ça brouillait sa vision… Mais au point de lui donner des hallucinations ? L'autobus repartit et Bidon constata qu'il pouvait facilement déchiffrer les numéros de la plaque minéralogique à l'arrière de l'engin qui s'éloignait. Ses yeux n'étaient donc pas le problème. Il prit son pouls, vérifia sa respiration… Tout était normal. Alors, pourquoi avait-il cru voir une langue fourchue comme celle des serpents sortir de la bouche de la petite fille ?

Peu de temps après, Bidon vit Marie-Anne tourner le coin de la rue. Jeanne et elle n'allaient pas à la même école. Sa blondinette préférée ignorait quel établissement la voisine fréquentait, mais étant donné qu'elle y allait en autobus, ça devait être assez loin de la maison. Le pingouin se demandait bien quelle sorte d'école acceptait de tels petits monstres !

Marie-Anne entra dans sa chambre en laissant tomber son sac à dos. D'habitude, elle faisait ses devoirs dès qu'elle rentrait, mais elle savait que Bidon avait attendu toute la journée pour enfin rencontrer Jeanne. Et c'est pour cette raison qu'elle n'avait enlevé que ses bottes.

— Tu es prêt ? lui lança-t-elle en le prenant dans ses bras.

— Je ne suis pas certain que ce soit une bonne idée, finalement…

— Et pourquoi donc ? s'étonna-t-elle.

Bidon ne savait pas s'il devait parler ou non de ce qu'il croyait avoir vu. Au fil des années passées chez Marie-Anne, il avait été témoin du départ déchirant de certains de ses collègues. Usés par la vie, ces toutous avaient échoué dans un gros sac vert en partance pour une destination inconnue. Si Marie-Anne le pensait fou, au lieu d'une nouvelle maison, c'est peut-être la poubelle qui l'attendait. Et le vaillant pingouin n'avait pas du tout envie de finir ses jours dans un sac de plastique…

— Non, laisse… Ça va. Ça doit être l'émotion… se ressaisit-il. Au fait, elle est au courant, Jeanne ?

— Non, ça va être une surprise !

— Oui, toute une surprise…
dit-il en songeant à la langue de
serpent qu'il avait aperçue.

— Allez, viens.

Marie-Anne mit Bidon sous
son manteau, puis enfila ses bottes
dans le vestibule. Elle franchit les
quelques mètres qui la séparaient
de la maison de Jeanne, puis sonna
à la porte. Le pingouin étouffait un
peu, mais il se tint tranquille. Il
voulait faire bonne impression.
C'est la mère de la petite voisine
qui vint ouvrir.

— Bonjour madame ! Je m'appelle Marie-Anne et j'habite la
maison à côté.

La femme ne répondit rien.

— On est déménagé il n'y a pas
longtemps, poursuivit Marie-
Anne.

Aucune réaction.

La blondinette ne s'attendait pas à un accueil aussi froid. La femme portait une longue robe noire. Elle avait des cheveux noirs qui lui descendaient jusque sur les épaules. Son visage était ridé, maigre. Ses petits yeux noirs fixaient Marie-Anne.

— Est-ce que Jeanne est là ?

— Ma fille est dans sa chambre et elle pleure. Satisfaite ?

Marie-Anne recula d'un pas.

— Oh désolée… Je ne voulais pas l'importuner. Je voulais seulement lui offrir un toutou, répondit la jeune fille en ne sachant plus où se mettre.

— Montre, intima la mère de Jeanne.

Troublée par le ton de la femme, Marie-Anne obéit et sortit Bidon de sous son manteau.

— Peut-être que Bidon pourra la réconforter, suggéra la blondinette.

— Bidon ? Quel nom ridicule…

Marie-Anne était sur le point de se fâcher quand la femme lui prit son pingouin des mains.

— Sans doute que ça la fera rire, en effet, dit la mère. Je suppose que je devrais te dire merci ?

— Euh…

Sur ce, la dame en noir tourna les talons en laissant la porte ouverte derrière elle. Marie-Anne se demanda si c'était une invitation à entrer et à la suivre. De toute façon, elle n'avait pas le choix : elle n'avait nullement l'intention de laisser Bidon chez des gens aussi impolis ! Elle emboîta donc le pas à la femme. Arrivée au bout couloir, elle l'entendit s'adresser à quelqu'un.

— Il s'appelle Bidon.

Marie-Anne rejoignit la femme et vit Jeanne qui souriait en serrant son pingouin sur son cœur. Des larmes perlaient sur ses joues rosies. Malgré sa mine tristounette, elle affichait un air espiègle qui plut à Marie-Anne.

— Tu peux essuyer tes larmes avec ses pattes, si tu veux. Il aime ça.

Bidon allait protester qu'il n'était pas un vulgaire mouchoir quand il entendit la petite Jeanne rire. C'était le genre de chose à laquelle il ne pouvait pas résister. « Espérons seulement que cela n'arrivera pas trop souvent. Cela pourrait finir par abîmer mon beau plumage. »

3

Suivez le guide

Étant sur le point de partir en laissant son inséparable compagnon derrière elle, Marie-Anne se sentait à la fois heureuse et inquiète. Elle était contente d'avoir fait plaisir à Jeanne, mais elle se demandait si son toutou allait être bien traité dans cette nouvelle famille. La mère de Jeanne ne paraissait pas très souriante et plutôt dépourvue de fantaisie... D'un autre côté, c'est Jeanne qui allait s'occuper du pingouin, et la petite voisine semblait enchantée par la présence de Bidon. Mais lui, l'était-il autant ?

La blondinette aurait bien aimé lui poser la question, sauf que la mère de Jeanne était toujours dans la chambre. Marie-Anne n'avait pas pensé à ce genre de complications. Elle regrettait de ne pas avoir écrit un mode d'emploi pour Bidon, un guide pratique qu'elle aurait pu refiler en douce à Jeanne. Après tout, cette dernière ne savait pas que son nouveau toutou pouvait non seulement parler, mais aussi grandir et devenir géant si on prononçait la formule magique ! Impossible de révéler ces secrets devant la mère de Jeanne. Si son ado de grand frère ne la croyait jamais quand il était question des pouvoirs de son pingouin, imaginez une adulte !

— Bon, eh bien… Je vais te laisser avec Bidon, dit Marie-Anne. Si… si jamais il te cause des problèmes, tu peux venir m'en parler.

— Des problèmes ? s'étonna la femme en noir. Quels genres de problèmes ma fille risquerait de rencontrer avec un jouet en peluche ?

— Ben, euh… Je disais ça, comme ça… c'est tout, bredouilla la blondinette.

— Très bien alors. Tu dois avoir des devoirs à faire, non ?

Marie-Anne comprit qu'on l'invitait « poliment » à partir. Elle allait sortir de la chambre quand elle se retourna subitement et alla embrasser Bidon une dernière fois.

— Sois sage… lui murmura-t-elle.

C'est le cœur serré que la courageuse petite blonde s'en retourna chez elle, escortée jusqu'à la porte par la maman.

Aussitôt que Jeanne entendit la porte claquer, elle s'adressa au pingouin.

— Tu veux que je te fasse visiter la maison ?

Pour une fois dans sa vie, Bidon résista à l'envie de répondre. C'est qu'il avait bien compris le message de Marie-Anne. Il fit donc mine de rien et se comporta comme n'importe quel toutou ordinaire. Mais se clouer le bec soi-même n'était vraiment pas une chose facile pour un pingouin. Surtout lorsque Jeanne le saisit par une patte pour lui faire faire le tour du propriétaire. Le pingouin n'appréciait pas particulièrement se promener la tête en bas. « Je ne pense pas qu'elle aimerait ça si je la suspendais par une de ses tresses ! » Il serait bien temps d'apprendre les bonnes manières à cette petite fille.

— Ici, c'est le salon. On n'a pas le droit de jouer dans cette pièce. C'est pour les grandes personnes seulement.

Ça commençait mal. Bidon n'aimait pas les interdictions. Mais de toute façon, ce salon n'avait rien d'attirant. Les murs étaient sombres, le divan foncé, et seuls des tableaux représentant des gens au visage morne égayaient les lieux, si on peut dire. L'un d'eux était le portrait de la mère de Jeanne. Les autres devaient être ceux des membres de sa nouvelle famille. D'après ce qu'il voyait, Jeanne ne semblait pas avoir de frère ni de sœur. Voilà qui lui plaisait. Au moins, il ne se ferait pas torturer comme avec Jocelyn, le grand frère de Marie-Anne.

L'une des toiles représentait un vieux couple, probablement les grands-parents. Ce n'était pas pour être impoli, mais le grand-père ressemblait à un arbre mort, et sa femme, à un cactus. Le dernier portrait présentait les traits d'un homme au teint pâle et à la mine sévère, avec de courts cheveux noirs et un nez crochu. On aurait dit à Bidon que le monsieur était un cousin éloigné du célèbre Dracula qu'il n'en aurait pas été étonné. « Dans quelle sorte de famille de fous suis-je tombé ? » songea le toutou peu rassuré.

— Là, c'est la chambre de mes parents. La porte n'est pas verrouillée, mais il est interdit d'y entrer sans leur autorisation.

Bidon se demanda si la petite Jeanne allait parfois retrouver ses parents dans leur lit pour récolter

sa part de chatouilles et de câlins, comme le faisait Marie-Anne.

— Et en bas, c'est le laboratoire de mon père.

« Oh non… se dit le pingouin, pas un scientifique qui pratique des expériences sur des animaux ! »

— Je n'ai pas le droit d'y aller non plus, mais…

Jeanne jeta un coup d'œil à sa mère, qui était occupée à brasser de la soupe dans un gros chaudron dans la cuisine.

— … il faut que tu voies ça !

Sans faire de bruit, la fillette aux tresses noires ouvrit la porte menant à la cave. Une fois arrivée au bas de l'étroit escalier, elle alluma. Déjà, dans les marches, Bidon avait senti des odeurs bizarres. Maintenant, il comprenait pourquoi. Devant lui, sur une large étagère, reposaient des pots en verre contenant des... légumes!

— Regarde celui-là, c'est mon préféré : la tomate-potiron.

Sur une table encombrée de papiers et d'éprouvettes, une énorme tomate se prélassait sous un puissant projecteur. Partout où Bidon braquait ses yeux, il y avait des végétaux mutants! Des fraises géantes, des carottes brunes comme des patates, des arbres en forme de brocolis... Bidon ne savait pas à quoi servaient toutes ces expériences, mais cela ne lui disait rien de bon. Au moins, le père de Jeanne ne s'exerçait pas sur des toutous...

— Viens, on va remonter avant que mon père ne se réveille.

Hum... Un homme qui dort durant la journée... Les doutes de Bidon semblaient vouloir se confirmer. En pire. Le père de Jeanne, un vampire doublé d'un savant fou ? Mieux valait ne pas trop y penser…

En remontant, le pingouin jeta un œil plus attentif à la mère de Jeanne, toujours absorbée devant son gros chaudron. « On dirait une sorcière en train de préparer une potion magique », trembla-t-il.

— Demain, je vais t'emmener à l'école avec moi. J'espère que tu pourras me protéger de tous ces monstres.

Bidon n'avait plus qu'une idée en tête : « Marie-Anne, au secours ! ! ! »

4

2 + 2 = ...
trop de monstres!

Marie-Anne venait tout juste d'arriver chez elle lorsqu'elle ressentit un étrange pincement au cœur. Elle eut l'impression d'entendre son ancien compagnon crier au désespoir. « Je me fais sûrement des idées, pensa-t-elle. Jeanne a l'air d'être une petite fille très gentille qui ne ferait jamais de mal à une mouche, et encore moins à un pingouin en peluche. »

Quand il fut temps pour elle d'aller dormir, Marie-Anne trouva sa chambre bien vide. Il lui manquait quelqu'un… mais elle tenta d'être forte. « Bidon doit être bien content de passer la nuit au chaud dans les bras d'une petite fille qui a besoin de lui, au lieu de veiller sur mon bureau », se dit-elle en bâillant.

Pendant ce temps, chez Jeanne, Bidon inspectait son nouveau lit. « Ça m'a l'air confortable, songea-t-il. Pas de traces de clous de fakir, en tout cas. Les couvertures sont propres, et il n'y a pas de miettes de biscuits. » C'était un détail primordial dans la vie d'un toutou : les humains ignorent que ces infimes morceaux de nourriture, une fois pris dans la peluche, attirent des insectes microscopiques très bruyants. Le genre d'individus qui font la fête toute la nuit et qui s'empiffrent en chantant des chansons à répondre. Des parasites sauvages et tapageurs qui ont souvent empêché le pingouin de fermer l'œil, jusqu'à ce que Marie-Anne mette fin à cette mauvaise habitude de grignoter dans son lit des biscuits dérobés à la cuisine.

Jeanne enfila son pyjama et sauta dans son lit. Contrairement à ce à quoi il s'attendait, la petite fille se servit de Bidon comme d'un oreiller. Sans ménagement, elle plantait ses doigts dans son ventre ici et là pour le rendre plus confortable. « Comment est-ce que je vais dormir, moi, avec une tête qui m'écrase ! »

— Bonne nuit, Bidon.

« C'est ça, oui… Parle pour toi… »

Le lendemain matin, Bidon se réveilla avec un creux dans l'estomac, et ce n'était pas parce qu'il avait faim. « Je suis tout difforme ! » avait-il envie de hurler. En effet, la tête de Jeanne lui avait enfoncé le ventre toute la nuit. Il profita de ce que personne ne le voyait pour replacer comme il faut le rembourrage de son bedon. « Ouf… Je respire mieux. »

La fillette aux longues tresses tint sa promesse et emmena Bidon avec elle à l'école. « J'ai beau être un pingouin, je ne m'habituerai jamais au froid », pensa-t-il tandis qu'ils attendaient l'autobus sous l'assaut des rafales de neige et de vent. Le gros véhicule jaune arriva finalement, et Bidon crut sentir une certaine crainte envahir Jeanne, qui alla s'asseoir seule. Les autres enfants parurent étonnés de la voir accompagnée par un tou-tou. Bidon scruta leurs visages à la recherche des monstres qu'il croyait avoir aperçus la veille, mais ils paraissaient tous normaux. « Mes yeux ont dû avoir une attaque de vieillesse passagère », se dit-il pour expliquer son hallucination de la veille.

Après un trajet assez long, mais qui se passa sans anicroche, l'autobus s'immobilisa devant une bâtisse imposante, tout en pierres grises. On aurait dit un petit château avec des tourelles aux quatre coins. « Il manque seulement un fossé rempli d'eau infesté de requins et l'horreur serait parfaite », pensa Bidon. Le conducteur ouvrit la porte, et les enfants descendirent sans trop se presser. Jeanne traînait derrière le groupe, qui s'engouffrait à l'intérieur de l'école.

— Merci de m'avoir protégée, murmura-t-elle à Bidon avant d'entrer en classe.

« Je n'ai pourtant rien fait », s'étonna ce dernier.

Les élèves s'assirent en silence, chacun à son pupitre. Bidon se dit alors qu'il avait peut-être mal jugé ces enfants. Après tout, ils semblaient tous bien élevés et respectueux. Mais quand le professeur se présenta à l'avant de la classe, Bidon eut le choc de sa vie. « Non ! Ce n'est pas possible ! Pas lui, ici… »

— Prenez votre cahier de grimaces à la page trente-deux, ordonna le petit monsieur.

Bidon aurait voulu se cacher dans le pupitre de Jeanne. Au lieu de ça, elle le plaça bien en évidence sur son bureau. « Il va me reconnaître, c'est sûr… Je ne peux pas l'affronter seul, sans Marie-Anne. » Dès qu'il aperçut le pingouin en peluche, le petit homme sourcilla.

— Mademoiselle Jeanne… Ne vous ai-je pas déjà dit que ce genre de talisman puéril était interdit en classe ?

— Puéril ?... bredouilla la petite fille.

— Oui, enfantin, si vous préférez.

— Enfantin ?

— Ouais, bébé lala ! Tu comprends, espèce de cruche ? siffla le garçon assis à côté d'elle.

— Bravo, méchant Boris ! C'était une brillante démonstration du cours d'insultes 101, approuva le professeur.

— Merci, monsieur. C'est un plaisir de suivre vos enseignements, répondit le vilain garnement.

— La prochaine fois, ajoutez-y donc une grimace en laissant échapper un peu de fumée de votre bouche, comme vous savez si bien le faire.

— Promis, monsieur. Je m'y appliquerai.

Bidon fut consterné. Jamais il n'aurait pensé que ce minable nabot se serait retrouvé à la tête d'une école ! Qui aurait pu dire quel plan machiavélique le faux vampire projetait de réaliser avec ces petits monstres !

Le professeur avança dans l'allée et s'empara de Bidon.

— Vous connaissiez le règlement, mademoiselle Jeanne.

— Mais…

— Suffit ! Je vous le confisque.

L'odieux personnage en profita alors pour chuchoter au valeureux pingouin :

—Je t'ai à l'œil, mon bonhomme…

Puis il demanda au jeune Boris d'emmener le prisonnier chez le concierge.

Jeanne en fut bien dépitée. Comment allait-elle passer à travers sa journée, sans Bidon pour la protéger des attaques de ses « camarades » ? Elle était maintenant persuadée que ce toutou avait des pouvoirs spéciaux. Sinon, comment expliquer que, pour une fois, personne n'ait osé s'en prendre à elle durant le trajet en autobus ? Il fallait que Bidon y soit pour quelque chose…

Boris frappa à la porte du bureau du concierge. Dès qu'elle s'ouvrit, le jeune garçon laissa tomber Bidon en tremblant et s'enfuit en courant. Les moustaches du concierge frémirent de satisfaction en voyant Boris détaler dans le corridor. « C'est encore plus amusant d'épouvanter de véritables petits monstres que des enfants ordinaires », se dit le rat géant.

Ce dernier portait un chapeau haut-de-forme troué, un monocle et un gilet usé dont les boutons, à la hauteur de son gros ventre, menaçaient à tout moment d'éclater. Ce qui faillit bien arriver quand il ramassa le pingouin par terre. Ses habits avaient dû être très chics, dans un passé éloigné.

Le concierge referma la porte de son bureau et observa Bidon un instant. Depuis que des scientifiques avaient procédé à des expériences sur son cerveau, le rat avait parfois des pertes de mémoire… Néanmoins, il ne mit pas beaucoup de temps avant de reconnaître son nouveau prisonnier.

— Tiens, tiens ! Comme on se retrouve, petit Bidof…

En riant, il rangea le pingouin au fond d'un classeur en compagnie d'autres toutous confisqués, puis ferma le tiroir à clé.

Au fond de son cachot obscur, Bidon s'affola : « Le faux vampire et le rat géant au même endroit ? Voilà qui n'augure rien de bon pour moi… »

5

Opération agent double

Marie-Anne revenait de l'école quand elle aperçut l'autobus scolaire de Jeanne s'arrêter devant sa maison. Elle pressa le pas afin de la rejoindre. La jeune fille souhaitait prendre des nouvelles de son ami Bidon. Mais quand elle vit la mine défaite de sa petite voisine, elle sut tout de suite que quelque chose n'allait pas.

— Qu'est-ce que tu as ?

— Rien. Laisse-moi tranquille, maugréa Jeanne.

— Des ennuis à l'école ? insista Marie-Anne.

L'autobus démarra, et la petite voisine poussa un profond soupir.

— Comment va Bidon ?

Jeanne leva la tête, et Marie-Anne vit sa lèvre inférieure qui tremblotait.

— Il… il a été fait prisonnier…

— Quoi ?! s'exclama la blondinette. Prisonnier ? Mais comment ça ?

— Mon professeur l'a confisqué, et il est dans le bureau du rat… euh… je veux dire du concierge.

— Du rat ? Mais qu'est-ce que c'est que cette histoire ?…

— Rien… Laisse tomber, s'excusa Jeanne, paniquée à l'idée d'en avoir trop dit.

La voisine allait s'esquiver quand Marie-Anne la rattrapa par une manche de son manteau.

— Hé ! Attends une seconde… Explique-moi.

— Il faut que je rentre, ma mère m'attend.

Marie-Anne regarda en direction de la maison de Jeanne et remarqua en effet la femme en noir derrière la fenêtre.

— Juste une question alors. Le concierge, est-ce qu'il aurait un accent russe, par hasard ?

Jeanne figea.

— Et... est-ce qu'il porterait un chapeau haut-de-forme et un monocle aussi ?

— Tu le connais ? s'étonna la petite fille aux longues tresses noires.

— Tu parles, oui... J'ai fait sa connaissance peu après notre arrivée ici. Un soir, il est entré chez moi par le trou du bain, et...

Marie-Anne lui raconta brièvement comment elle avait connu

le fameux rat qui avait mangé son ami Matis.

— C'est vrai qu'il a un gros ventre, déclara Jeanne. Tu crois que c'est parce qu'il digère des enfants ?

— Possible… La dernière fois que je l'ai vu, il était pourtant devenu gentil.

À cet instant précis, la porte de la maison de Jeanne s'ouvrit. Sa mère l'appela en lui faisant signe de rentrer. Mais Marie-Anne ne pouvait la laisser filer. Il fallait qu'elle en sache plus. Si Bidon était le prisonnier du rat, elle devait trouver un moyen de le sauver. Et seule Jeanne était en position de l'aider.

— Il faut qu'on parle. Dis à ta mère que je vais t'aider pour tes devoirs.

— Elle ne me croira pas.

— Ah non ? Et pourquoi ?

— Je vais à une école spéciale…

— Je veux bien, mais deux plus deux, ça donne quatre dans toutes les écoles du monde, non ?

— Pas dans la mienne… répondit Jeanne d'un air mystérieux.

Perplexe, Marie-Anne sortit alors un papier et un crayon de son sac, puis inscrivit son numéro de téléphone.

— Appelle-moi ce soir. C'est important. Il faut trouver un plan pour sortir Bidon de là.

Jeanne sourit en prenant le papier, puis rentra chez elle sous les yeux grondeurs de sa mère.

Malheureusement, comme Marie-Anne le craignait, Jeanne ne téléphona pas ce soir-là. « Probablement que sa mère l'en a empêchée. Ça ne peut être que ça.

Je vais devoir passer au plan B»,
songea l'espiègle blondinette en
réglant son réveille-matin.

Le lendemain, Marie-Anne
sortit plus tôt que d'habitude pour
aller à l'école. Sauf qu'elle n'avait
nullement l'intention d'y aller ce
jour-là. Elle en profita plutôt pour
se cacher derrière une voiture et
attendre l'autobus de Jeanne…

Dès que le véhicule jaune
tourna le coin de la rue, la petite
rusée se prépara à lancer la première phase de son plan. Elle vit
Jeanne sortir de chez elle, sa mère
sur les talons. Premier obstacle…
La mère restait sur le pas de la
porte. Par chance, aussitôt que
l'autobus s'arrêta devant chez elle,
la dame en noir s'éclipsa. Marie-
Anne bondit alors hors de sa
cachette et monta derrière Jeanne.

— Qu'est-ce que tu fais là ? s'étonna-t-elle.

— J'ai changé d'école, tu ne savais pas ? dit Marie-Anne en souriant.

À la vue de sa nouvelle passagère, le chauffeur fronça les sourcils. C'était un gros homme barbu avec de petits yeux et un nez si long qu'on aurait dit un museau. Son uniforme bleu semblait trop petit pour lui. Pendant un moment, il sembla à Marie-Anne que l'homme la reniflait, comme un chien policier qui prend ses informations grâce aux odeurs que les gens dégagent.

— Je ne crois pas vous avoir sur ma liste, jeune dame... lui dit-il.

— C'est parce que je suis nouvelle, prétexta Marie-Anne avec un aplomb qui surprit Jeanne.

Décidément, l'ancienne propriétaire de Bidon paraissait avoir
plus d'un tour dans son sac.

— Hum… Et quel affreux pouvoir une belle petite fille comme
toi peut bien avoir ?

Marie-Anne figea. Elle s'était
attendue à bien des questions, mais
certainement pas celle-là. Elle
repensa à ce que Jeanne lui avait
dit la veille à propos de son école
spéciale. Se pouvait-il vraiment
que… ? À moins que la question
du chauffeur ne soit qu'une
blague … Sans trop savoir quoi
répondre, Marie-Anne décida de
jouer le jeu.

— Mon pouvoir ? Eh bien…
c'est celui de charmer les chauf-
feurs d'autobus, voyons ! dit-elle
en souriant et en battant des cils.

Cette réponse parut suffire au
gros barbu.

— Ouais, bon. Allez, va t'asseoir avec les autres.

Sur ce, l'autobus se mit en marche, et Marie-Anne alla prendre place à côté de Jeanne. La blondinette sentit les regards intrigués de tous les enfants posés sur elle.

— Tu es folle ou quoi ?! chuchota Jeanne. Jamais ils ne te laisseront entrer dans ma classe.

— Je n'ai pas l'intention d'y aller non plus.

— Qu'est-ce que tu vas faire alors ?

— J'ai deux mots à dire à un certain concierge…

6

Mission Bidon

Durant le trajet en autobus, Marie-Anne dut répondre à plusieurs questions des enfants, curieux de savoir qui était cette « nouvelle » élève. Heureusement, la blondinette ne manquait pas d'imagination ! Devant leurs étranges interrogations, elle s'était bien aperçue que l'école de Jeanne n'était pas ordinaire... En plus de lui demander quel pouvoir spécial elle avait, on la questionna sur ses préférences entre faire peur à des enfants, à des vieillards ou à des animaux, et comment elle s'y prenait. Chacun y allait alors d'une anecdote horrible racontant ses mauvais coups favoris.

À tout moment, Marie-Anne redoutait qu'on découvre qu'elle était un imposteur. Elle s'efforçait de rire des méfaits de chacun, mais elle bouillait d'un mélange de rage et de révolte devant tant de méchancetés gratuites. La jeune fille joua néanmoins le jeu, en espérant que le voyage en autobus ne soit pas trop long. Car il ne fallait pas qu'elle soit démasquée ! Sinon, sa mission destinée à sauver Bidon aurait pu être mise en péril.

Même si elle ignorait où tout cela allait les mener, Jeanne était bien heureuse de pouvoir compter sur la compagnie de Marie-Anne. Pour une rare fois, tout comme la veille avec Bidon, elle n'avait pas été la cible des moqueries de ses camarades. Tous les enfants avaient paru en admiration et charmés par la personnalité de la blondinette. Maintenant qu'ils savaient qu'elle était son amie, peut-être laisseraient-ils Jeanne tranquille à l'avenir. La fillette aux longues tresses en doutait… Une fois que Marie-Anne aurait sauvé Bidon, elle ne serait plus là, elle non plus, pour la protéger. Jeanne n'avait aucune envie de devenir un petit monstre comme eux. Ce n'était pas sa faute si elle était née avec une langue fourchue…

Quand l'école de Jeanne fut enfin en vue, Marie-Anne se sentit soulagée. Elle avait certes réussi à convaincre cette bande de mal élevés qu'elle était des leurs, même si cela lui avait donné des haut-le-cœur d'inventer des récits atroces pour leur plus grand plaisir. Dire que sa mère lui répétait souvent qu'elle était trop tannante…

L'autobus se gara devant l'école, et tout le monde en descendit. Marie-Anne se fondit dans le groupe et entra dans la bâtisse.

— Jeanne, peux-tu m'indiquer où est le bureau de ce fameux concierge, murmura Marie-Anne.

— Il est au sous-sol. Dernière porte au bout du corridor, près de la fournaise. Sois prudente, surtout.

La jeune fille au nez retroussé avisa l'escalier menant à l'étage inférieur. En descendant les marches, elle eut une pensée pour sa mère. Elle allait sûrement s'inquiéter quand la secrétaire de son école allait lui téléphoner pour signaler son absence. Elle s'imaginait lui expliquer : « Maman, je suis allée sauver Bidon, il était prisonnier dans une école de vrais petits monstres ! » Évidemment, jamais elle ne la croirait. Et pourtant...

Arrivée au sous-sol, Marie-Anne s'engagea dans un long corridor à peine éclairé. Le rat ne devait pas être un concierge très consciencieux, se dit-elle en remarquant les multiples toiles d'araignée qui pendaient du plafond. Après quelques pas, elle passa devant ce qui semblait être une salle de classe. La porte étant entrouverte, elle y jeta un œil discrètement. Il n'y avait personne à l'intérieur. Seul un squelette était accroché à un poteau, à côté du bureau du professeur.

— Marie-Anne ! s'écria le paquet d'os suspendu.

La jeune fille referma brusquement la porte, de peur que quelqu'un les entende.

— Chut… l'intima-t-elle un doigt sur ses lèvres.

— Mais qu'est-ce que tu fais ici ? demanda le squelette visiblement heureux de la revoir.

— Ce serait plutôt à moi de te poser cette question…

— Aide-moi d'abord à descendre de là, s'il te plaît.

La jeune fille grimpa sur une chaise et décrocha le squelette du poteau, non sans difficulté. Malgré tous ses efforts, elle ne put le retenir, et il tomba par terre. Sous l'impact de la chute, ses os s'éparpillèrent autour.

— Tu pourrais m'aider à me remettre en un seul morceau ? demanda la mâchoire qui gisait à deux pas du crâne.

— Toi, tu as vraiment un don pour te mettre les pieds dans les plats ! pouffa-t-elle.

— Ouais… Mais en attendant, mes pieds sont sous ce pupitre, là. Ramasse-les et arrête de rire de moi un instant.

Marie-Anne n'était malheureusement pas très douée pour savoir où chacun des os allait, mais avec l'aide du squelette, ils finirent par le reconstituer.

— Ah, merci. Ça fait longtemps que mes os n'avaient pas tous été au bon endroit !

— Comment ça ?

— La bande de vauriens qui suit des cours d'anatomie dans cette classe s'amuse fréquemment à mélanger les parties de mon corps. Ils se trouvent très drôles. Tu imagines, pendant que mes frères hantent des manoirs et des

châteaux, moi je joue les accessoires dans une école de petits morveux ! Non, franchement, je ne crois pas pouvoir descendre plus bas dans l'échelle sociale de la peur, se plaignit-il.

— Mais non, mais non... Tu exagères.

— Mais si, au contraire ! Ma réputation est fichue. Jamais je n'aurais dû écouter les promesses de ce charlatan.

— Qui ça ? demanda Marie-Anne.

— Mais lui, le vampire ! Enfin, le faux vampire. Cette espèce de scientifique raté... « Venez avec moi, à l'école des monstres. Nous allons former l'élite de la peur et conquérir le monde ! » Ouais, tu parles... Je ne fais peur à personne, moi, accroché à un poteau. Même les épouvantails rient de moi.

— Tu veux dire que le nain qui se cachait sous un déguisement de vampire est maintenant professeur dans cette école ? Celui-là même que Bidon et moi avons terrassé ?

— En plein lui. Sauf qu'il ne porte plus de costume. Il enseigne à la classe de troisième année.

— Mais c'est celle de Jeanne, ça ! s'écria la blondinette.

— Tu connais un de ces petits monstres ? s'étonna le paquet d'os.

— C'est une longue histoire, que je te raconterai peut-être plus tard. En attendant, il faut sauver Bidon.

— Bidon est ici ? Mais où ?

— Il serait dans le bureau du rat.

— Oh... Oh... fit le squelette, l'air inquiet.

— Quoi : « Oh... Oh... » ?

— J'aime autant te prévenir, Marie-Anne. Le rat a sensiblement recouvré la mémoire… et le goût de croquer des petits enfants.

7

Les prisonniers
en peluche

Marie-Anne était heureuse de pouvoir compter sur la présence du squelette pour l'aider à rescaper Bidon. Ils ne seraient pas trop de deux pour affronter le rat. Surtout si ce dernier était redevenu un vorace mangeur d'enfants. La jeune fille se demanda si les monstres faisaient aussi partie de son menu. Probablement pas, sinon il n'y aurait plus beaucoup d'élèves dans cette école. Cela lui donna une idée…

— Dis-moi, est-ce que le rat a déjà mangé des élèves ?

— Pas que je sache. Du moins, je n'en ai jamais été témoin. Mais des rumeurs courent… Les enfants le craignent, en tout cas, le chanceux. Et il aime bien ça. Tandis que moi…

— Oui, oui, je sais… Je connais la chanson, dit Marie-Anne, que les plaintes du squelette exaspéraient un brin. Quelle sorte de monstres fréquente cette école ?

— Il y a des filles de vampires, des fils de sorcières, des rejetons de dragons… Malheureusement, il n'y a pas de petits squelettes. J'aurais au moins pu avoir un ami…

— Et des fantômes, il y en a ?

— Quelques-uns, mais la plupart suivent les cours du soir. C'est plus pratique pour eux.

— Tu crois que je pourrais me faire passer pour une revenante ?

— Euh… Oui, peut-être. Mais pourquoi donc ? s'étonna le squelette.

La jeune fille s'approcha du tableau noir et se saisit de deux brosses à tableau. Parfait ! Elles étaient pleines de poudre de craie. L'astucieuse fillette frappa très fort les brosses l'une contre l'autre au-dessus de sa tête. Un nuage de poudre blanche se forma aussitôt, puis tomba partout sur elle.

— Mais qu'est-ce que tu fais ? dit le squelette en fronçant les sourcils qu'il n'avait pas.

En un instant, ou presque, Marie-Anne se transforma en fantôme !

— Comment tu me trouves ? demanda-t-elle.

— Euh… Sale ?

— Et si je fais ça ? BOUH-OUH-OUH ! BOUH-OUH-OUH !

— AAAAAAAH ! hurla le paquet d'os en allant se cacher sous un pupitre. Ne me faites pas de mal, madame la revenante ! Je ne suis qu'un pauvre squelette, et je suis déjà mort de toute façon !

— Mort de trouille, oui... se moqua-t-elle. Allez, peureux, sors de là. C'est moi, Marie-Anne.

— Marie-Anne ? Mais... tu... tu es morte ?

— Mais non, je suis déguisée.

— Très convaincant. Bravo.

C'est vrai qu'elle était plutôt méconnaissable, ainsi recouverte de craie blanche. Elle parviendrait probablement à se faufiler parmi les monstres sans attirer l'attention. Mais de là à tromper le rongeur aux dents aiguisées… ça restait à prouver.

— Tu me conduis au bureau du rat ?

— Suivez le guide, madame ! Euh… Marie-Anne, je veux dire.

En essayant de faire le moins de bruit possible, ils avancèrent à pas de loup vers le bureau du concierge amateur de chair fraîche. D'un naturel prudent, le squelette réfléchissait à un moyen d'éviter à Marie-Anne d'être reconnue… et dévorée ! S'il parvenait à s'emparer du monocle du rat géant, cela augmenterait peut-être leurs chances, croyait-il.

Arrivé devant la porte du bureau, le squelette fit part de son plan.

— Je vais entrer le premier afin qu'il ne se doute de rien. Cache-toi à côté de la porte et tiens-toi prête.

Marie-Anne hocha la tête et se plaça en retrait, tandis que le squelette frappa à la porte. Pas de réponse. Il frappa de nouveau. Cette fois, on entendit la voix du rat qui semblait émerger d'un profond sommeil.

— Je digère… Allez-vous-en !

— C'est moi, risqua le paquet d'os.

— Qui ça, moi ? Il y a des tonnes de moi, saperlipopotovitche ! Cette idée que les gens ont de tous s'annoncer en disant : « C'est moi. »

— C'est moi, le squelette, insista-t-il.

— Ah ben, fallait le dire, cher Squelettinovsky de mon cœur… Fous-moi le camp !

— Ha, ha ! Quel farceur... Allez, ouvre. C'est important.

On entendit alors des pas de l'autre côté de la porte, puis la poignée se mit à tourner.

— Qu'est-ce qu'il y a encore ? maugréa le rat. Les petits monstres ont joué avec tes os et t'ont mis le pied dans la bouche, cette fois ? Eh bien, laisse-moi te dire qu'il est parfaitement à la bonne place ! Avec toutes les idioties que tu peux dire dans une journée... et je dis ça sans vouloir t'offenser, Squelettinov. Ce n'est pas ta faute, si tu es juste un paquet d'os dépourvu de cervelle.

— Tu me prêtes ton monocle une seconde ? demanda le cadavre ambulant, en ne portant pas attention aux habituelles insultes du moustachu.

Sans attendre sa réponse, le squelette s'en empara.

— Hé ! Mais qu'est-ce que tu fais ? s'écria le rat.

— C'est pour essayer. Des lunettes m'aideraient sans doute à voir venir les petits monstres, tu comprends ?

Marie-Anne choisit ce moment pour sortir de sa cachette.

— BOUH-OUH-OUH !

— AH ! Mais qu'est-ce que c'est que ça ? s'exclama le rat.

— Je suis le fantôme de Marie-Anne ! Je suis revenue d'entre les morts pour te punir d'avoir caché Bidon !

— Ha, ha, ha ! Tu m'as presque eu, petite filletteskaya.

— Désolé, Marie-Anne, j'ai bien essayé, mais... s'excusa le squelette.

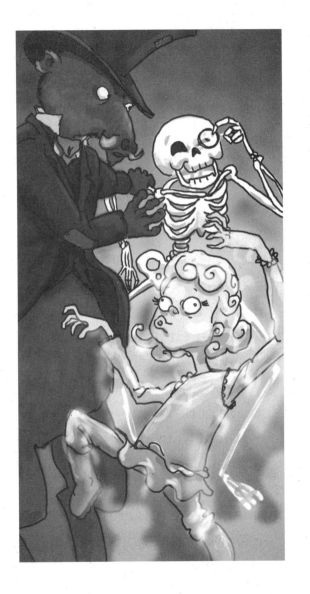

— Toi, espèce de traître...
cracha le rat entre ses dents tran-
chantes. Dommage que tu n'aies
plus de peau sur les os. Sinon...

La blondinette profita de ce
moment d'inattention du rat pour
se faufiler dans le bureau. Elle
s'empara des clés accrochées au
mur et ouvrit le tiroir dans lequel
devait être le pingouin. À sa
grande surprise, il était vide !

— Dommage, n'est-ce pas ?
ricana le rat en se passant la langue
sur les moustaches.

— Qu'est-ce que tu as fait de
Bidon ? s'écria Marie-Anne.

— Moi ? Mais rien. Je ne mange
pas de jouets en peluche. J'ai déjà
essayé, mais ce n'est pas très bon.
Et puis ça reste pris entre les dents.

— Alors, où est Bidon ? s'énerva
la jeune fille.

— Aucune idée, répondit le concierge. Quand je suis arrivé, ce matin, tous les prisonniers en peluche avaient disparu.

Une lueur d'espoir naquit dans le cœur de la fillette. Se pourrait-il que Bidon ait réussi à s'enfuir ?

— Tu permets que je t'époussette un peu avant de te dévorer, dit le rat géant en s'emparant d'un petit balai. La poudre de craie est peut-être un assaisonnement recherché par certains, mais mon médecin me l'interdit. Ça me donne d'horribles maux d'estomac et...

— Cours, Marie-Anne ! Cours ! hurla le squelette.

8

Perdue
dans l'école
des monstres

Tandis que la bagarre éclata entre le rat et le squelette, Marie-Anne courut à en perdre haleine dans le corridor et gravit rapidement l'escalier. Lorsqu'elle atteignit le rez-de-chaussée, elle marqua une pause. Où devait-elle aller ? C'est alors qu'elle entendit des bruits de griffes dans l'escalier. Le rat avait gagné la bataille et se rapprochait dangereusement ! Il fallait que la fillette trouve une cachette. Et vite !

Devant la blondinette s'étendait un long couloir bardé de portes. Probablement des salles de classe, se dit-elle. Avec effroi, elle constata soudain que la craie de son déguisement de fantôme avait presque toute disparue. Sa course folle avait dû chasser la poudre blanche de sur elle. Elle s'imaginait mal alors faire irruption dans l'une des salles sans être remarquée. Pourtant, elle ne voyait pas d'autres solutions. Sa tête et son cœur lui commandaient de rester, tandis que ses jambes cherchaient la sortie. Mais il était hors de question de s'enfuir comme une lâche et d'abandonner Bidon à son sort !

La courageuse fillette se précipita dans le couloir avant que le rat ne surgisse et ouvrit une porte au hasard. Une fois à l'intérieur, une vingtaine de paires d'yeux intrigués la dévisagèrent. Mais ce n'était rien, comparé à la chose qui se tenait debout derrière le bureau

du professeur. C'était impossible !
Marie-Anne devait sûrement
rêver ! Elle se répétait tout bas,
pour elle-même : « Ça n'existe pas,
les dragons. Ça n'existe pas. »

— Pardon, mademoiselle ? siffla
la bête énorme. Qu'est-ce que vous
dites ?

— Rien, rien… Je me disais que
vous n'étiez qu'une hallucination.

— Et ça marche ? dit la bête en
souriant de toutes les grandes dents
de sa gigantesque gueule.

— Pas tellement, non… avoua-
t-elle.

— Vous voyez, les enfants ? La
réaction de cette intruse vous
donne un très bon exemple du
cours d'aujourd'hui.

Marie-Anne n'aurait jamais
pensé qu'un jour elle servirait de
leçon dans une classe où enseignait
un dragon…

— Mais monsieur, dit l'un des petits monstres, je ne comprends pas le lien.

— C'est très simple, pourtant, répondit le professeur en laissant s'échapper de la fumée de ses naseaux. Les humains croient que nous n'existons pas réellement. Ils préfèrent se convaincre que nous ne sommes que des inventions. Et c'est très bien ainsi. Car quand l'un d'entre eux croise notre route, il n'en revient tout simplement pas et en est d'autant plus épouvanté. Ai-je raison, mademoiselle ? Vous êtes terrifiée en ce moment, non ?

Comme pour appuyer son propos, le dragon cracha un jet de flammes qui mit accidentellement le feu aux dessins des élèves sur le mur. « Oh non ! Je ne veux pas finir mes jours comme une saucisse sur un barbecue ! » songea Marie-Anne. Calmement, comme s'ils en avaient l'habitude, les élèves soulevèrent le couvercle de leur pupitre et en sortirent chacun un extincteur. Une précaution des plus essentielles, dans une classe dont le professeur est un lance-flammes vivant.

Marie-Anne profita de la distraction provoquée par l'incendie pour quitter la pièce sans être vue. Ouf ! Elle l'avait échappé belle. Aussitôt dans le corridor, elle jeta un œil à gauche et à droite. Le rat n'était pas dans les parages. Re-ouf !

Cette fois, la jeune fille choisit de frapper avant d'entrer dans une des salles de classe. Elle espérait ainsi éveiller moins de soupçons et réussir à se faire passer pour une nouvelle élève.

— *Tire, un, deux, trois, pow, la chevillette, et cré-moé, cré-moé pas, la bobinette chérie cherra*, répliqua une voix étrange après qu'elle eut frappé trois coups.

Marie-Anne se demanda où elle avait déjà entendu une phrase semblable… La petite fille tourna la poignée et la porte s'ouvrit. Dès qu'elle fut entrée, la porte se referma d'elle-même en émettant de sinistres grincements. Il y avait de la fumée partout et la fillette ne voyait pas très bien où elle était. Elle s'inquiéta que le feu d'à côté ne soit en train de se propager à toute l'école. Mais elle n'eut pas le temps d'y réfléchir plus longtemps…

— *Saluteas diminutif enfantesque*, gronda une voix d'outre-tombe.

Oh, non ! Pas lui ! Pas Igor l'affreux bossu ! Mais qu'est-ce que le gardien du château du faux vampire fabriquait ici ? L'horrible personnage s'avança dans la fumée. Il portait les mêmes vieux vêtements de lin qui donnaient cette impression qu'il sortait tout droit du Moyen-Âge.

— *Bienvenue, welcome, bienvenido, willkommen dans ma casa, petit tas d'humanoïde.*

Alors que la fumée s'évanouissait, Marie-Anne put mieux distinguer ce qui l'entourait. Les élèves de cette classe souffraient de difformités évidentes et avaient tous une bosse impressionnante dans le dos. Le cœur de la jeune fille se serra. Elle plaignit ces pauvres enfants et maudit cette école de vouloir en faire des monstres, des êtres malveillants comme Igor.

— *En direct du tchecke à gauche, watche à drette, ici le bureau des objets perdus, de kossé pourrions-*

nous-t'y faire pour te servir ?
demanda Igor dans son langage
coloré.

— C'est toi qui as enlevé Bidon !
Avoue ! tonna Marie-Anne.

— *Pas sawouère de quoi ta trappe
grande ouverte bip bip placote,*
répondit-il.

— Je n'en crois pas un mot,
espèce de menteur !

— *Je splish splash de la broue de
salive à terre sur la tête de mes enfants
que je savions pas de kossé pantoute,*
prétendit Igor.

N'écoutant que son courage, la
petite fille au nez retroussé décida
de fouiller la classe d'Igor. Elle
ouvrit les pupitres de chacun, sans
que les élèves rechignent.

— *Octogone rouge avec des mots
comme STOP dessus, siyouplaît !*
implora la laideur incarnée.

Marie-Anne avait-elle bien entendu ? L'abominable bossu la suppliait de cesser ses recherches ? ! Ce n'était pas son genre d'abdiquer aussi poliment…

— *Embarque sur mon vroum-vroum à pied, m'as te donner un lift jusqu'à ton truc muche en peluche.*

Hum… Marie-Anne se demanda si elle devait croire Igor, quand il lui disait qu'il allait la conduire à Bidon. À l'époque où le bossu était le gardien du château du prétendu vampire, il n'avait pas hésité à employer toutes sortes de ruses pour l'attirer dans le royaume de son maître. Mais là, avait-elle d'autre choix que de le suivre ?

9

Au secours !

Avant que Marie-Anne et Igor ne sortent de la classe, les élèves saluèrent la fillette en souriant. Une touchante marque d'affection, se dit-elle. C'est alors qu'elle remarqua un détail particulier dans leurs sourires si charmants. Il leur manquait à chacun une dent, tous la même, comme Igor. Marie-Anne s'attarda un moment sur leurs visages et fut étonnée de constater à quel point ces jeunes ressemblaient au bossu.

— *Tout le clic-clic Kid Kodak en couleurs de leur bonhomme, hein ?* dit Igor avec chaleur.

En effet, les enfants étaient tous le portrait craché de leur père. Cela fit tout drôle à Marie-Anne d'imaginer le méchant Igor en papa aimant. Elle l'avait peut-être mal jugé, après tout... Ce n'était peut-être pas sa faute s'il avait été si odieux avec elle par le passé. Au fond, il devait obéir à son maître. Il avait sans doute agi sous le coup de chantage et de menaces. Il était bien possible que son chef ait promis de s'en prendre à la famille d'Igor s'il ne lui obéissait pas.

Chavirée, Marie-Anne se laissa conduire au bout du corridor. Là, Igor ouvrit la porte et fit signe à la blondinette d'entrer. C'était un piège ! Elle aurait dû s'en douter, au lieu de se laisser attendrir. Le bossu referma la porte en riant, empêchant la jeune fille de ressortir.

— Comme on se retrouve, petite filletteskaya! déclara le rat en salivant.

Marie-Anne eut une peur bleue à la vue du rongeur géant, et se crut cette fois bel et bien perdue. Mais ce n'était rien en comparaison du triste sire qui se tenait à ses côtés. L'empereur du mal en personne!

— Voilà de bien heureuses retrouvailles, en effet… Ha, ha, ha! ricana le professeur nain.

Soudain, un éclair zébra le ciel, et un coup de tonnerre retentit, comme dans les vieux films de vampires en noir et blanc quand le méchant entre en scène. Malheureusement pour Marie-Anne, c'était bien réel…

— Tu arrives juste au bon moment, dit le professeur et ancien vampire de pacotille. Nous allions justement procéder à la destruction de ces jouets ridicules pour nous pratiquer à la cruauté.

Joignant le geste à la parole, le petit homme sortit Bidon d'une boîte posée sur son bureau en le tenant par la peau du cou.

— Ne lui faites pas de mal ! s'écria Marie-Anne.

— Du mal ? s'étonna le nain en éclatant de rire. Ne sois pas ridicule. Comment pourrais-je faire du mal à un objet inanimé ? Voyons voir… Si je le laisse tomber, crois-tu qu'on l'entendra se plaindre ?

Le professeur grimpa sur une chaise, afin que la chute du pingouin soit plus vertigineuse, puis le laissa tomber. Il se plaça ensuite une main derrière l'oreille.

— Quelqu'un a-t-il entendu quelque chose ? Un cri ? Une lamentation ? Eh bien, non. Pourquoi ?

Parce que ce n'est qu'un vulgaire toutou ! Un truc totalement inutile qui ne sert qu'à ramollir le cœur de mes petits monstres. Pour conquérir le monde et répandre la peur, j'ai besoin de vaillants soldats au cœur de pierre ! Qui veut faire partie de mon armée de la terreur ?

Après une légère hésitation, la plupart des enfants répondirent finalement : « Moi ! Moi ! » C'est à ce moment que Marie-Anne remarqua Jeanne parmi les élèves. Cette dernière lui sourit tristement. Même elle se laissait entraîner dans le mouvement ! Comment pouvaient-ils désirer rallier les rangs de l'armée de ce despote ? Marie-Anne n'en croyait pas ses oreilles.

— Jeanne… Pas toi aussi ?…

Le regard inquiet de sa voisine lui indiqua qu'elle agissait probablement à contrecœur, tout comme la majorité des autres enfants d'ailleurs. La peur de représailles se lisait en effet sur leurs visages…

— Si tu veux bien t'asseoir, Marie-Anne, peut-être apprendras-tu une chose ou deux, aujourd'hui. Quand tu auras saisi l'ampleur de mon plan, son horrible beauté, je suis certain que toi aussi, tu te joindras à mes troupes.

— Jamais ! cracha la blondinette.

— On dit ça, on dit ça… tempéra le professeur. Mais attends de voir le plaisir que mes élèves auront à mutiler ces toutous. Sans doute auras-tu toi aussi envie de participer, tellement c'est amusant.

— Vous êtes un monstre ! s'exclama Marie-Anne.

— Merci du compliment… Ha, ha, ha !

La jeune fille ne pouvait rien faire pour empêcher ce qui allait arriver. Igor et le rat la maintenaient fermement assise et la surveillaient de près. D'ici quelques secondes, des dizaines de toutous allaient se faire charcuter sans qu'elle puisse intervenir. Et tout ça pour quoi ? Pour faire de ces gamins des monstres qui allaient hanter les cauchemars des enfants ? Il fallait que Marie-Anne trouve un moyen pour contrer les plans de ce fou !

Le professeur passa dans les rangées avec la boîte remplie de toutous, et il en remit un à chacun de ses élèves. Marie-Anne voyait bien, dans leurs yeux, que cela les répugnait de devoir martyriser ces petites bêtes en peluche. Mais ils étaient sans doute trop terrorisés pour oser se rebeller contre leur sadique professeur.

— Tiens, Jeanne, je te donne le fameux Bidon. J'espère que tu ne me décevras pas. Sinon, gare à toi…

Le rat et Igor émirent un gloussement de satisfaction. Ils savouraient les menaces de leur maître. La séance de torture des toutous allait commencer lorsqu'on frappa à la porte. Intrigué par cette visite inattendue, le professeur fit signe au bossu d'aller voir qui osait venir les déranger dans un moment si important. Le squelette entra… sur une seule jambe. Il avait dû se rafistoler en vitesse après sa bagarre avec le rat, parce qu'il lui manquait bien d'autres morceaux…

— Je vous souhaite d'avoir une très bonne raison pour interrompre ainsi un de mes cours, siffla le professeur.

— En effet, oui euh… balbutia le paquet d'os en scrutant les élèves. Je… Je viens vous donner ma démission.

— Pfft! Un squelette qui ne fait peur à personne, vous ne serez pas une grosse perte pour mon organisation, railla le petit homme.

Le rat et Igor éclatèrent de rire en même temps. C'est à ce moment que le squelette remarqua Marie-Anne, qui était toujours sous leur garde. Lorsqu'il vit les élèves avec des toutous et des ciseaux dans les mains, il comprit ce qui se tramait.

— Marie-Anne, il faut que tu prononces la formule magique! Vite! cria le squelette.

10

La formule magique

Mais oui ! Le squelette avait raison ! Pourquoi Marie-Anne n'y avait-elle pas pensé plus tôt ? Si la formule permettait à Bidon de devenir grand, peut-être que ça fonctionnerait aussi avec les autres toutous. Mais alors qu'elle allait ouvrir la bouche, le rat posa sa grosse patte sale sur ses lèvres et l'empêcha de parler. Elle avait beau se débattre, le puissant rongeur était trop fort.

— Vous aussi, les enfants, il faut que vous prononciez la formule ! s'écria le squelette.

À ce moment, le nain bondit sur le paquet d'os.

— Tu vas te la fermer, espèce de relent de cimetière ! pesta le petit homme.

— Ils ne pourront pas tous vous faire taire en même temps, déclara la moitié de la mâchoire du squelette qui se trouvait dans les mains du professeur.

Malheureusement, les élèves ignoraient à quelle incantation magique le paquet d'os faisait allusion. La situation semblait désespérée, quand Marie-Anne profita d'un moment d'inattention du rat pour le mordre. La douleur força le rongeur à retirer ses griffes de sur la bouche de la jeune fille.

— Jeanne, la formule c'est : J'ai pas peur, j'ai pas…

Mais aussitôt, le rat replaça sa patte et la fit taire. Jeanne avait néanmoins compris le message… Elle serra Bidon sur son cœur et répéta la formule. À la première tentative, Bidon grandit un peu. D'un geste de la main, Marie-Anne encouragea Jeanne à répéter encore les mots.

— J'ai pas peur, j'ai pas peur, j'ai pas peur.

Et comme par magie, Bidon devint aussi grand qu'un adulte !

— Oh non… gémit le professeur. Pas encore…

— Vous ne pensiez quand même pas vous débarrasser de moi aussi facilement, espèce de scélérat ! s'exclama le pingouin.

Les autres élèves n'en crurent pas leurs yeux. Chacun leur tour, ils essayèrent la fameuse formule sur leur toutou. En moins de deux, la pièce fut remplie d'éléphants, de girafes, de chiens et d'ours en peluche gigantesques ! La classe ressemblait maintenant à un vrai zoo !

Et les toutous géants n'entendaient pas à rire...

Leurs regards se tournèrent vers le professeur, qui avait voulu mettre fin à leurs jours à grands coups de ciseaux. Ils chargèrent tous en sa direction en poussant des jappements, des barrissements et autres cris d'animaux en colère. Le petit homme, Igor et le rat déguerpirent aussitôt, suivis par la ribambelle de toutous en furie.

Les enfants riaient et applaudissaient.

— Merci, merci, non, c'est trop, je vous en prie... répétait Bidon à qui voulait l'entendre.

Les élèves étaient soulagés. Ils ne seraient plus obligés de devenir des monstres contre leur gré. Ils

Les élèves, qui avaient suivi la conversation, se concentrèrent alors sur leur toutou et répétèrent leur nom tout bas, comme une incantation. Aussitôt, on vit une bande d'animaux géants en peluche accourir pour rejoindre leurs petits propriétaires. Une fois dans leurs bras, les toutous reprirent leur taille normale. C'était assez étrange que de voir ces petits diables caresser leur peluche, les yeux rougis par l'émotion...

Alors que les pompiers s'affairaient à combattre l'incendie, une voiture arriva en trombe et se gara devant l'école. Jocelyn, le grand frère de Marie-Anne, en descendit accompagné par les parents de Jeanne.

— Marie-Anne Trudel ! Qu'est-ce que tu fais là, toi ? la gronda Jocelyn.

— Et toi ?

— La secrétaire de l'école a appelé pour dire que tu étais absente. Et tout de suite après, la mère de Jeanne est venue m'avertir qu'elle t'avait vue grimper dans l'autobus scolaire de sa fille. Les parents de Jeanne ont été assez gentils pour venir me conduire jusqu'ici.

Le père et la mère de la petite voisine serraient leur fille contre eux. Ils semblaient heureux qu'elle soit en sécurité, loin de l'incendie.

— J'espère que ce n'est pas toi qui as mis le feu, ajouta Jocelyn en regardant les dégâts.

— Moi ? Mais non, voyons, c'est le dragon !

— Un dragon !... Hum, bien sûr...

— Oui, et tu as été très courageux de venir ici en voiture avec les parents de Jeanne. Tu savais que sa mère est une sorcière ?

— Bien sûr... Et son père doit être un vampire, tant qu'à faire...

— Tu ne me crois pas ? s'écria-t-elle.

— Ses parents m'ont l'air tout à fait normaux, rétorqua-t-il. Un peu pâles peut-être, mais bon...

— Et l'école, tu savais que c'était une école de monstres ?

— Tu veux dire que tous ces enfants qui serrent leur toutou dans leurs bras, là-bas, sont d'horribles et effroyables monstres... comme toi ?

— Tu ne me crois jamais, Jocelyn Trudel !

— Ben non, hein ! Je ne sais pas pourquoi… Allez, viens, on retourne à la maison. Les parents de ta nouvelle amie vont nous ramener. Je ne sais vraiment pas comment tu vas expliquer tout ça aux parents, toi.

Sur le chemin du retour, Marie-Anne observa discrètement ses voisins. Jeanne cajolait Bidon, tandis que son père lui souriait dans le rétroviseur. Même la femme en noir semblait un peu moins terne, tout à coup… Jocelyn avait peut-être raison : bien que bizarres, ses voisins n'étaient peut-être pas des monstres. Tout ce que Marie-Anne espérait, c'était que son vieux pingouin serait heureux dans sa nouvelle famille. Étrange ou pas… C'est alors que Jeanne lui fit un clin d'œil en lui tirant sa langue fourchue.

Du même auteur

Les Catacombes du stade olympique, Montréal, Trécarré, 2007.
Le Cri du chaman, Montréal, Trécarré, 2007.
Les Démons de la grande bibliothèque, Montréal, Trécarré, 2006.
Le Peuple des profondeurs, Montréal, Trécarré, 2006.

CLAUDE CHAMPAGNE

En plus de quinze ans de carrière, Claude Champagne s'est frotté à tous les genres, ou presque ! Écrivant tour à tour pour la radio, la télévision et la scène, cet auteur aux talents multiples a également cofondé *Dramaturges Éditeurs*, une maison où il a œuvré en tant qu'éditeur durant plusieurs années. L'une de ses réalisations les plus connues est sans aucun doute le spectacle multimédia *Kosmogonia*, qui allie théâtre, arts du cirque, musique, danse et effets spéciaux. Animé du désir de raconter des histoires fantastiques, de s'amuser et de revenir aux sources du merveilleux, l'auteur de la série *Marie-Anne* se consacre maintenant entièrement à la littérature jeunesse.

WWW.MAGLECTURE.COM
Pour tout savoir sur tes auteurs
et tes livres préférés

GARANT DES FORÊTS
INTACTES | L'impression de cet ouvrage sur papier recyclé a
permis de sauvegarder l'équivalent de 6 arbres de
15 à 20 cm de diamètre et de 12 m de hauteur.

Achevé d'imprimer au Canada
en août 2010
sur les presses de Imprimerie Lebonfon Inc.

remercièrent chaleureusement Marie-Anne de les avoir sauvés, eux et leurs peluches adorées.

— N'oubliez pas que sans votre amie Jeanne, rien de tout ça n'aurait été possible.

Les deux petites voisines s'échangèrent un câlin bien mérité. Puis, pour la première fois dans sa vie, Jeanne fut entourée par ses camarades, et on célébra son courage.

— Hip, hip, hip, hourra ! scanda Bidon en soulevant Jeanne dans les airs sous les acclamations de la classe.

Soudain, l'un des élèves remarqua que de la fumée se propageait dans leur classe. Puis on entendit résonner l'alarme d'incendie.

— L'école est en feu ! hurla le squelette. Et moi qui n'ai même pas tous mes os !

Marie-Anne songea au dragon qui avait fait brûler les dessins des enfants par accident. On dirait bien qu'il n'avait pas réussi à maîtriser les flammes... Tout le monde se dépêcha de gagner l'extérieur. Le squelette courut sur une seule jambe récupérer le reste de ses os, en se demandant quel endroit il allait bien pouvoir hanter désormais.

Une fois sur le trottoir, les enfants virent au loin les toutous géants qui poursuivaient encore les trois méchants. En jetant un coup d'œil à l'école derrière eux, ils remarquèrent que des flammes commençaient à jaillir de certaines fenêtres. Les pompiers n'allaient sûrement pas tarder à arriver. Tandis que l'incendie se répandait, des élèves entonnèrent une vieille comptine. « Vive les vacances, au diable les pénitences. Mettons l'école en feu, et les profs dans le milieu. »

— Petits monstres un jour, petits monstres toujours... dit Marie-Anne en regardant sa nouvelle amie.

— Je ne crois pas, répliqua Jeanne. Ne les juge pas trop sévèrement. Grâce à toi, leur cœur va changer quand ils vont récupérer leur toutou.

— Oui, s'ils reviennent un jour, répondit la blondinette en souriant.

— Tu as raison. Comment faire pour les rappeler ?

— Je suppose qu'il suffit de penser très fort à eux et de répéter leur nom. En tout cas, moi, c'est toujours comme ça que j'ai pu retrouver Bidon quand je croyais l'avoir perdu.

Les élèves, qui avaient suivi la conversation, se concentrèrent alors sur leur toutou et répétèrent leur nom tout bas, comme une incantation. Aussitôt, on vit une bande d'animaux géants en peluche accourir pour rejoindre leurs petits propriétaires. Une fois dans leurs bras, les toutous reprirent leur taille normale. C'était assez étrange que de voir ces petits diables caresser leur peluche, les yeux rougis par l'émotion...

Alors que les pompiers s'affairaient à combattre l'incendie, une voiture arriva en trombe et se gara devant l'école. Jocelyn, le grand frère de Marie-Anne, en descendit accompagné par les parents de Jeanne.

— Marie-Anne Trudel! Qu'est-ce que tu fais là, toi? la gronda Jocelyn.

— Et toi?

— La secrétaire de l'école a appelé pour dire que tu étais absente. Et tout de suite après, la mère de Jeanne est venue m'avertir qu'elle t'avait vue grimper dans l'autobus scolaire de sa fille. Les parents de Jeanne ont été assez gentils pour venir me conduire jusqu'ici.

Le père et la mère de la petite voisine serraient leur fille contre eux. Ils semblaient heureux qu'elle soit en sécurité, loin de l'incendie.

— J'espère que ce n'est pas toi qui as mis le feu, ajouta Jocelyn en regardant les dégâts.

— Moi? Mais non, voyons, c'est le dragon!

— Un dragon !... Hum, bien sûr...

— Oui, et tu as été très courageux de venir ici en voiture avec les parents de Jeanne. Tu savais que sa mère est une sorcière ?

— Bien sûr... Et son père doit être un vampire, tant qu'à faire...

— Tu ne me crois pas ? s'écria-t-elle.

— Ses parents m'ont l'air tout à fait normaux, rétorqua-t-il. Un peu pâles peut-être, mais bon...

— Et l'école, tu savais que c'était une école de monstres ?

— Tu veux dire que tous ces enfants qui serrent leur toutou dans leurs bras, là-bas, sont d'horribles et effroyables monstres... comme toi ?

— Tu ne me crois jamais, Jocelyn Trudel !

— Ben non, hein ! Je ne sais pas pourquoi… Allez, viens, on retourne à la maison. Les parents de ta nouvelle amie vont nous ramener. Je ne sais vraiment pas comment tu vas expliquer tout ça aux parents, toi.

Sur le chemin du retour, Marie-Anne observa discrètement ses voisins. Jeanne cajolait Bidon, tandis que son père lui souriait dans le rétroviseur. Même la femme en noir semblait un peu moins terne, tout à coup… Jocelyn avait peut-être raison : bien que bizarres, ses voisins n'étaient peut-être pas des monstres. Tout ce que Marie-Anne espérait, c'était que son vieux pingouin serait heureux dans sa nouvelle famille. Étrange ou pas… C'est alors que Jeanne lui

fit un clin d'œil en lui tirant sa
langue fourchue.

Du même auteur

Les Catacombes du stade olympique, Montréal, Trécarré, 2007.
Le Cri du chaman, Montréal, Trécarré, 2007.
Les Démons de la grande bibliothèque, Montréal, Trécarré, 2006.
Le Peuple des profondeurs, Montréal, Trécarré, 2006.

CLAUDE CHAMPAGNE

En plus de quinze ans de carrière, Claude Champagne s'est frotté à tous les genres, ou presque ! Écrivant tour à tour pour la radio, la télévision et la scène, cet auteur aux talents multiples a également cofondé *Dramaturges Éditeurs*, une maison où il a œuvré en tant qu'éditeur durant plusieurs années. L'une de ses réalisations les plus connues est sans aucun doute le spectacle multimédia *Kosmogonia*, qui allie théâtre, arts du cirque, musique, danse et effets spéciaux. Animé du désir de raconter des histoires fantastiques, de s'amuser et de revenir aux sources du merveilleux, l'auteur de la série *Marie-Anne* se consacre maintenant entièrement à la littérature jeunesse.

WWW.MAGLECTURE.COM
Pour tout savoir sur tes auteurs
et tes livres préférés

GARANT DES FORÊTS
INTACTES

L'impression de cet ouvrage sur papier recyclé a
permis de sauvegarder l'équivalent de 6 arbres de
15 à 20 cm de diamètre et de 12 m de hauteur.

Achevé d'imprimer au Canada
en août 2010
sur les presses de Imprimerie Lebonfon Inc.